ようこちゃんの夏休み

きのした ようこ

文芸社

著者近影。自宅の庭にて。(2019 年 5 月)

母祐子とよう子（2歳）。母の同窓会にて。

左から母祐子、弟浩一、よう子（5歳）、父良徳。松島にて。

よう子6～7歳の頃。弟と自宅前で。

ようこちゃんの夏休み

ようこちゃんへ

さあ、いよいよ夏休みですね。

ずいぶんたくさん、計画をたてたようですけれど、そんなにできるかな。

あなたの〝やってみよう！〟と思う気持《きも》ちはいいけれど、できないならこまりますね。でもまあ、やってごらんなさい。

お休み中、お母さんと、このおちょうめんで、お手紙ごっこをしましょう。毎日、その日にあったことや、あなたが考えたことを書いてくださいね。お母さんも、お返事《へんじ》を書きます。

さあ、何日つづくでしょうね。

お母さんより

無邪気

素直

笑顔

七月二十四日　ようび（日）　てんき（くもり）

おかあさん、きょう川らへつれていってもらってありがとう。わたしは、ほんとにうれしかった。しゃしんをとってもらったり、めだかをとったりして、あそびましたね。えみちゃんも、うれしかったでしょう。こうちゃんもおとうさんから、手をもってもらって、およいだので、とてもうれしそうでしたね。わたしは、ふかいほうでおよいだので、もっといっぱい、六時ぐらいまでおよぎたいなあと思いました。

けれども、あまりおそくまではいっていると、かぜをひくので、ふくをきました。ふくをきると、とてもあたたかくなりました。かえってきてからも、川らのことばかり考えていました。また、ちがうところへもつれていってくださいね。

きしゃにのって、てんどう（天童）へ行ったりしましょうね。おかあさんを、おこらせないように、おいのりしててくださいね。

みんな、よいこになるように、わたしもいのっています。

きょうは、ほんとに楽しかったですね。あなたが、うきぶくろでじょうずにおよぐのを見ていると、お母さんも、いっしょにおよぎたくなりましたよ。

お母さんは、子供《こども》のころ、海のそばでそだったので、夏は、毎日のように、およいだものでした。

いっしょになって、めだかをすくったりしたら、ほんとうに、また子供《こども》になったような気がしましたよ。

だいぶ、くたびれたけれど、楽しい一日でした。

いつも、いそがしいことばかりのお母さんも、あなたたちのおかげで、こんなに楽しくすごすことができて、ほんとうにありがとう。

きょうは、夕方からあそんで、なかなか帰ってきませんでしたね。言われなくても、きめられたことは、まもるようにしましょうね。

七月二十五日　ようび（月）　てんき（くもり）

おかあさんから、いつでも、おいしいごはんをつくってもらっていたので、わたしも、おりょうりをつくりたいと思っていますが、手がいたいのでできません。早くなおって、おいしいごちそうや、べつなものもたくさんつくってたべたり、おかあさんのもたべたりして、じょうぶになるように、みんな力をあわせて、元気にすごすようにしましょうね。えみちゃんも、大きい声でわらうので、とてもおもしろいですね。

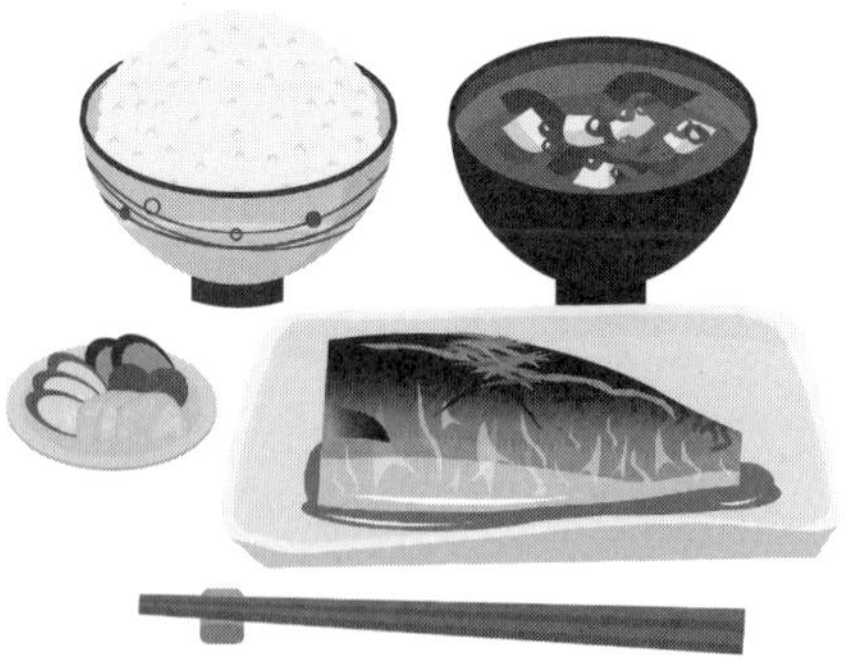

きょうは、おやつをあまり食べなかったので、とてもよくごはんを食べましたね。いつもきょうのように、なんでもおいしそうに食べてくれると、お母さんは、ほんとにうれしいのですよ。

あたえられたものを、いつもかんしゃして、よろこんで食べると、食べたものが、とてもよくしょうかされて、よい体を作ってくれるのです。

でも、きょうも、お食事《しょくじ》のときのおぎょうぎは、わるかったようです。にこにこして、食べるのはよいけれど、ふざけたり、あまりおしゃべりをしすぎるのは、いけないことです。おぎょうぎがわるいと、お母さんの顔は、にこにこしていられなくなるのです。あなたがりっぱにすると、こうちゃんも、だんだんまねしてりっぱになるのです。なんでもあなたが、お手本になるのですから、気をつけてくださいね。

七月二十六日　ようび（火）　てんき（はれ）

きょうはとてもあつい日でしたね。

たらいに水をいれて、およぎました。

あたまからかぶったら、とてもいいきもちでした。また、としちゃんが、足だけかけて、おしまいに、じゃーとかけました。せんめんきに水をくんで、かおを入れて、きょうそうをしました。としちゃんよりわたしのほうが、まけました。としちゃんがあがったので、わたしもあがりました。そして、としちゃんが、わたしの方をむいて、おならをしました。みんな、わらいました。あとで本よみをしました。

きょうも、ずいぶん元気にあそびましたね。お手つだいもよくしてくれてありがとう。あなたが、いたのまをふいたり、おつかいをしたり、えみちゃんのおもりをしたりしてくれると、お母さんはほんとにたすかりますよ。

きょう一日を、よくふりかえってみると、お母さんもまだまだ、あなたたちに、やさしいことばがたりないなあと思いました。お母さんがもっとやさしくなったら、あなたも、やさしい、よいおねえさんになるでしょうね。

お母さんは、いつも、あんまりいそがしいので、つい気がもめて、がみがみ言ってしまうのです。ほんとにお母さんのわるいくせです。でもいつも、かみさまにおわびして、おねがいしていますから、きっと、そのうちにかみさまが、お母さんのこのくせを、とってくださるでしょう。あなたも、どうぞいのっていてくださいね。

お母さんもあなたも、いっしょうけんめい、かみさまのおことばにしたがいましょう。

七月二十七日　ようび（水）　てんき（はれ）

おかあさん、わたしはごはんの時、おぎょうぎをわるくしますけれども、どうぞ、わるいたべかたをしないように、わたしを、かみさまにいって、はやくよくなるように、いのってください。こうちゃんとも二人なかよくして、くらしますように、わたしもいのっています。どうぞ、おゆるしください。こんどからは、わたしのつみ

が、白くなることでしょう。そして、みんなよいこにな
るでしょうね。

ほんとうに、あなたのごはんの時の、おぎょうぎはわ
るいですよ。お母さんが、ちょっとにこにこわらったり
して食べると、もうふざけてもいいのかと思って、げら
げら、いつまでもふざけますね。

だからお母さんは、にこにこできなくなってしまうの

です。こんどから、ごはんを食べはじめたら、お話をしたり、大きな声でわらったりしないことにしましょうね。でも、毎ばんねる前に、かみさまにその日のことをおわびして、自分でなおせないわるいくせを、とっていただくように、おねがいすることをわすれなければ、きっとだんだんよくなるのです。そしていつでも、かみさまといっしょにいることをわすれないでね。

七月二十八日　ようび（木）　てんき（はれ）

おかあさん、きょうは、どうぶつえんにつれていってもらってありがとう。ぞうや、かばや、しまうまを、いっぱい見ましたね。また、のりものにのったり、こおり水をたべたりしましたね。まさひろちゃんと、わたしと、こうちゃんと、じゅん子ちゃんと、四人であそびましたね。トラのきょくげいをみたり、ライオンとくまのも、みたりしましたね。

おべんとうをたべたり、こおり水をたべたりしましたね。出口からでてから、やすんで、ぎっこんばったんにのったり、てつぼうにのったり、ぶらんこにのったりして、とてもおもしろかったですね。

また行きましょうね。

ほんとに、楽しい一日でしたね。あんまり、じりじりてらなかったし、風もあって、わりあいすずしかったから、きょういってきてしまってよかったですね。どうぶつえん、ずいぶんくさかったでしょう。もっと日がたつと、まだまだくさくなるでしょうから、早いうちにいってきて、よかったですよね。あんなにあるきまわっても、ちっともくたびれないで、川らにいって、またあの石の上を、走りまわっているあなたたちを見て、お母さ

んは、子供《こども》ってずいぶん元気なものだなあとかんしんしたり、うらやましくなったりしましたよ。あなたのお手紙ね、もうすこしくわしく書いてもらいたいのよ。いろんなのりものにのって、どんな気持《きも》ちだったのか、ライオンやトラのきょくげいを見ている時、どんなことを思ったか、あなたは、あのもうじゅうつかいの人を、ずいぶんゆう気のある人だと思いませんでしたか。見ていて、とてもおそろしいと思いませんでしたか。そのように、かんじたことをもっとたくさん書いてくださいね。

七月二十九日　ようび（金）　てんき（はれ）

きょうは、すずき先生のうちへ、つうしんぼと、しけんと、しゅうじと、三つ見せにいきました。

すずき先生のうちについてから、みんな見せたら、「じょうずにできましたね」、といってほめてくださいました。かえりに、まめをもらってはしってきたら、まめがぽろぽろとおちて、三つしかなくなったので、たべてきました。また、おかあさんとも、いっしょにいきましょうね。

せっかくいただいたおまめを、おとしてしまって、もったいないことをしましたね。きょうのお手紙も、まだまだ書きたりないようですね。鈴木《すずき》先生のおうちでのようすを、もっとくわしく書いてくれないと、お母さんにはよくわかりませんよ。先生がよろこんでくださったのか。また、先生は、もっと何かおっしゃったでしょう。字もずいぶんそまつですよ。もっとしんけんに書いてください。きょうはあなたは、夕方からずいぶんおりこうでしたね。えみちゃんをおんぶして、何をしているのかと思ったら、いっしょうけんめい、お母さんのげたのおをたててくれましたね。おかげで、ほんとうにたすかりましたよ。

よいことをした時は、気持《きも》ちがいいでしょう。

七月三十日　ようび（土）　てんき（はれ）

おかあさん、きょうはプールへいってみずをあびてきました。わたしは、プールへついてから、はちや先生が、「ささき先生にことわりなさい」といったので、ことわりました。そして、一時間、はいりました。はいっていると、わたしのしらない人や、しっている人が、うきぶくろをかせかせ、といいました。でも、もう三十ぷんだからいやだ、といってかしませんでした。としちゃんと、たまぬいさんだけかしました。あがってから、きれいにからだをあらって、ふくをきてかえりました。とてもおもしろかったですよ。

きょうのお手紙、たいへんよく書けましたね。プールでのおもしろかったようすが、よくわかります。

でも、あなたが、およげたのか、およげないのか、それがわかりません。川らでおよいだのと、プールでおよぐのとは、どこかちがうようでしたか。いっしょうけんめいれんしゅうして、早くおよげるようになってくださいね。

このごろ、お母さん、ねる時のおいのり、ちっともいっしょにしてあげなかったわね。ごめんなさいね。あしたから、わすれないでしましょうね。

七月三十一日　ようび（日）　てんき（はれ）

きょうは日曜日で、日曜学校へ行ってきました。へやへついてから、さたけさんといけださんが、わたしのかおをみながら、おはなしをきいていました。おいのりをして、おわってからも、あるいているとき、こっちを見ていました。わたしは、にくらしくて見ていましたが、いけださんがしたをだしたので、がまんができなくて、したをだしました。わたしは、あとで、したをださないとよかったなあと思いました。
夕方、おかあさんからいわれないうちに、水くみをしたので、ほめられましたね。わたしは、おかあさんからほめられると、とってもうれしいですよ。

せっかく、よい子になるように日曜学校にいったのに、お友だちとけんかをしてきたのでは、なんにもなりませんね。でも、あなたが、あとで、したを出さなければよかったなと、かんがえたのは、よいことだったと思います。

どんな時にも、かみさまにごそうだんして、かみさまがよろこばないことは、けっしてしないようにしましょうね。がまんすることはたいせつなことですよ。いろんなことに出あうたびに、がまんすることや、やさしくすることや、気持《きも》ちを大きくもったりすることを、れんしゅうしていくことができるのですから、いやなことに出あっても、けっしてにくらしいなんて思ってはいけないのです。かえって、やさしい気持《きも》ちで、その人のために心の中でおいのりする人になってください。夕方、ほんとによくはたらいてくれましたね。

一ばん大きいあなたが女の子で、いろいろお手つだいしてくれるので、お母さんはほんとにたすかりますよ。どうもありがとう。

八月一日　ようび（月）　てんき（はれ）

おかあさん、きょうは、プールへいっておよいできました。プールへついて、たいそうをしてはいったら、としちゃんとまあちゃんがぶらさがったので、下へ、もう少しでしずんでいくところでした。そして、少し水をのみました。そして、ふかいほうへうきぶくろをはめていって、こんど、ぼうにつかまっていたら、川せ先生がいたずらをして、あたまをおしたら、あたまがはいって、また水をのんでやりました。こんどは、うきぶくろをつかわないでしたら、しずんでいって、また水をのんでやりました。いきがされないようでした。そして、水でかおをあらいました。そして、「もうすこしであがりますよ」といったので、早くはいりました。じかんになってからだをあらって、ふくをきて、おはなしをきいてかえってきました。おかあさんとも川らへいきましょう。

プールの水をのんだなんて、きたないですね。おなかがいたくなりませんでしたか。あそびにいくのはいいけれど、まだ、およげないのだから、ふかい方にいったり、いたずらしたりしないようにしてくださいね。

もう二年生だというのに、まだちっとも、自分からすすんで何かしてみようと思わないようですね。

ひとつ、ひとつ、お母さんからいわれないと、何もできないようではこまりますね。夏休みがおわると、てんらんかいがあるのですよ。あなたは、なにを出すつもりですか。すこしは自分でいろいろ考えてみて、やりとげてごらんなさい。

毎日、きめられたお手つだいをきちんとしてくれて、お母さんはほんとにうれしいですよ。でも夕方の時間をわすれてあそんでいるから、気をつけてくださいね。

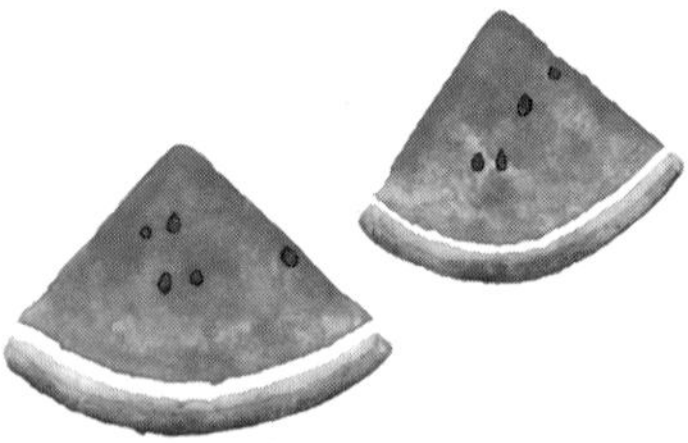

八月二日　ようび（火）　てんき（はれ）

おかあさん、きょうは学校へいってきました。あさおきて、ごはんをたべるじかんがなくなって、げんかんだけはいていきました。そしたら、はじまったようなきがするので、二年五組のいくちゃんにきいたら、「まだはじまらねば」といったので、わたしはほっとしました。

きょうしつについて、かばんをつくえにいれて、せきにすわっていて、また、はじまったんだか、はじまらないんだか、じんぼさんにきいてみたら、「まだ、はじまらねがもすんね」といったので、「んだが」といいました。そして、またすわっていたら、おしきり先生がきたので、たって、「おはようございます」と、みんな声をそろえていいました。

さんすうのべんきょうの、九のだん九九をちょうめんにかいて、それがおわって、おさらいちょうの「わたしの一日」に、はんこうをつけてくれました。そして、みんなおわってから、帰りしたくをして、みんながおわるまでせきにすわってまっていました。みんなができたので、立って、「先生さようなら」といって帰ってくるまえに、「きょう、おそうじあるの」とわたしがきいたら、先生が「一くみと二くみの女子ですよ」とおしえてくれました。そして、かいだんをおりて、くつをはいて帰ってきました。とてもたのしかったですよ。

大へん、くわしく長く書いてくれましたね。でも、もっと書くことをよく考えてください。つまらないあたりまえのことばかりをたくさん書かないで、たいせつなことをくわしく書くように考えてください。

きょうのお手つだいは、のろのろしていましたね。なんでもしごとをする時は、とちゅうでいたずらしていないで、いっしょうけんめい、さっさとするものですよ。べんきょうも、自分からすすんでまじめにするようにしましょう。そのうち、たなばたまつりやおぼんなどで、おちついてべんきょうできなくなるから、いまのうちにしっかりやってください。

お母さんも、このごろずいぶんことばがわるいと思います。気をつけますから、あなたも気をつけてくださいね。それから、いつまでも「お父ちゃん」「お母ちゃん」では、大きくなってからみっともないから、「お父さん」「お母さん」になおしましょう。もうひとつ、[注]「おまえ」「おれ」はぜったいやめてください。お母さんはあなたたちに「おまえ」といったことはないでしょう。

あなたのお話しのしかた、よく口をひらかないで早くいうので、みっともないから、口をよくひらいて、一つ一つ、はっきり、はつおんするように気をつけなさい。

こうちゃんを、おいしゃさんにつれていってくれてどうもありがとう。大へんたすかりますよ。あしたもおねがいしますね。

注　この地方の方言で、「あなた」を「おまえ」、「わたし」を「おれ」と言っていました。

八月三日　ようび（水）　てんき（はれ、くもり）

おかあさん、きょうはあさから、わたしはきもちがわるくてねていました。こうちゃんの「とびひ」に、おくすりをつけにいってからねましたね。おいしゃさんでは、ちゅうしゃをしていて、ないている人もいるし、なんにもしないうちになく人もいました。しぶやさんのしんちゃんが、みちこちゃんときていました。しんちゃんが、おできにくすりをつけていました。こうちゃんがよばれて、かんごふさんが、きいろいくすりをつけて、ばんそうこをはってくれました。こうちゃんがおわって、うちへかえってきました。おかあさんがようじで、おかざきさんにお話をしにいったので、わたしたちは、としちゃんとみさちゃんを、あがらせてまっていました。みんな、おもしろいことばかりして、わたしもわらいました。そして、としちゃんがけいこちゃんと、ないろんのひもをかいにいって、わたしたちがおひるねしようとしたら、おかあさんがかえってきて、わたしがなおったので、おてつだいをしましたね。きょうは、すこしおもしろくなかったようでした。

体のぐあいがわるかったようですが、たいしたことなくて、よかったですね。きょうも、こうちゃんをおいしゃさんにつれていってくれて、ほんとにありがとう。おるすばんも大へんよくできました。いつも、おとなりのみさちゃんたちにしんせつにしていただいて、ありがたいことですね。あんまりなれっこになって、わがままをいったり、いたずらしすぎたりしてはいけませんよ。あなたも、自分のできることで、ごおんがえしをする気《き》持《も》ちをわすれないようにしてください。イエスさまも「なんぢのとなりびとをあいせよ」とおっしゃいましたね。どんな人にもやさしく、いたわりの気《き》持《も》ちを持《も》つ人は、かみさまによろこばれるのですよ。

八月四日　ようび（木）　てんき（はれ）

おかあさん、きょうは、午前五時ごろ、まだねているとき、せいこおねいちゃんがきたので、うれしくて、うれしくてたまらなかった。おみやげをたくさんもってきて、わたしにげたを、こうちゃんにもげたを、もってきてくれました。

もう一つは、こうちゃんに、ふく、わたしに、スカートをつくるきれを、もってきました。きれいなおさらと、おちゃももってきました。あさになって、げたをはいて、外にでました。なんだかさむいみたいな気もちでした。いっぱいとまっていくといったので、あそんだり、まつしま（松島）にいって、おいしいものをたべたりしてあそびましょう。

きょうは、ほんとにうれしそうでしたね。あなたは、あんなに朝早くても、何か、かわったことがあると、いっぺんで目がさめるのね。いつもは、どうしておこされてもなかなか、目がさめないのでしょうね。お母さんは、ふしぎでなりません。ふだんでも、朝は、元気よくおきるようにしてくださいね。

このごろ、お手つだいが大へんさっさとできて、よいことだと思います。きょねんの夏休みにくらべたら、やはり二年生になっただけ、りっぱですね。

あなたがだんだんおちつきのある、そしていろんなことによく気のつくよい子になってゆくのを、毎日見ていると、お母さんはほんとに、なによりもうれしいですよ。

もうひといきですね。あとどんなところに気をつけたらよいのかわかりますか。考えてみてください。

きょうから、なすのかんさつをはじめましたね。きっとおもしろいと思います。なんでもちゅういして、よく見るれんしゅうになると思います。とちゅうでいやにならないで、つづけてがんばってください。えもだんだんじょうずになるでしょう。

せいこねえちゃんは、これから二週間も、いっしょにいるのですから、そのあいだあまりあまえたり、おちょうしにのって、ふざけすぎたり、あそぶことばかりむちゅうになって、おべんきょうをわすれたりしないように、よく一日の時間わりをまもって、りっぱにやってくださいね。

八月六日　ようび（土）　てんき（くもり）

おかあさん、きのうは、こんのさんのおばさんのうちへいってきましたね。バスでいって、おばさんのうちへついてから、おりんごをたべたり、おかしをたべたり、お話をしたりしましたね。かえりに、しょくどうでごはんをたべて、こおり水をたべてきて、こうちゃんと、わたしと、せいこおねいちゃんだけ、まぼろしの馬という、えいがを見ました。ずいぶんかわいそうでした。十時ちかくに、はんぱでかえってきて、せいこちゃんがこうちゃんのてをひっぱってきました。ほんとうに、ねむくてねむくて、けさ、ねぼうをしましたね。おかあさんもみんなしてこんど行きましょうね。

夜、おそくねると、どうしても朝、早くおきられませんね。朝おきるのがおそいと一日中、時間がきまりよくできません。これから、お休み中、たなばたや花火大会《たいかい》やぼんおどりなど、いろいろのことがあって、なかなか、きめたとおりにできなくなるでしょう。

からだをつかれさせないようによく考えて、なるべくきめたことがまもれるように、がんばりましょうね。

それから、よそのおうちにあそびにいった時は、もう少しおぎょうぎよくするものですよ。

もう二年生にもなったのですからね。

八月七日　ようび（日）　てんき（はれ）

おかあさん、きのうは、たなばたでしたね。せい子おねいちゃんと、わたしと、こういちと、おとうさんと、おかあさんと、えみちゃんで、すずらんがい（スズラン街）から行って、なのかまち（七日町）から、こうかどうりのほうに行きました。いちばんきれいなところは、すずらんがいのが、いいようでした。

こうちゃんは「きれいだね」などといっていました。さわぐ人はいないけれど、げたの音がやかましいくらいでした。みんな見て、夜おそくかえってきました。

きのうもまた夜おそくなりましたね。もう少しお母さんが気をつけて、早くいってくればよかったね。でも林さんのおばちゃんがあそびに来て、おそくまで出かけられなかったものね。まあまあしかたがなかったのね。

すずらんがい（スズラン街）のたなばたは、ほんとにきれいでしたね。でも七日町（なのかまち）あたりぜんたいをみて、きょねんのたなばたよりかざりが、少なかったと思いませんでしたか。ばいげつ（店の名？）のもきょねんにくらべると小さかったですね。
あなたは、きょねん見た、たなばたは、もうわすれてしまったでしょうか。

先生より

おかあさんとのお手紙のこうかん、ほんとうにいいことだと思います。

よう子さんの夏休み中のくらし方がよくわかって、先生も楽しく読ませていただきました。

お休み中だけでなく、これからも何かあった時など、時々お手紙をあげるようにしたらいいと思います。

晴子《せいこ》（筆者注・九歳《さい》上のおば）より容子《ようこ》ちゃんへ

容子《ようこ》ちゃん、お元気ですか。楽しかった夏休みも終《おわ》って、もう一ヶ月もたってしまいましたね。運動会《うんどうかい》や遠足は、もうすみましたか。毎日、元気に学校に行っていますか。浩《こう》ちゃんと、仲良《なかよ》くしていますか。恵美《えみ》ちゃんは、さぞ、大きく可愛《かわい》らしくなったことでしょうね。又《また》、容子《ようこ》ちゃんの家に行ってみたくなりました。

私は、お父さんと、お母さんと、三人で暮《くら》しているので、とても、さびしくてたまりません。容子《ようこ》ちゃんや、浩《こう》ちゃんのような小さい妹《いもうと》か、弟がいるといいのだがなーと思います。

夏休みに行った時は、容子《ようこ》ちゃんと、あまり遊《あそ》ばなくて、本当に、ごめんなさいね。何《なん》と、いじわるな晴子《せいこ》ちゃんだろうと、思ったでしょうね。でも、本当は、容子《ようこ》ちゃんが、可愛《かわい》かったので、もっともっと良《よ》い子になってもらおうと、思ったのです。容子ちゃんは明るくて元気で、本当に良《よ》い子だと思いますが、もっと、お母さんのお手伝《てつだ》いをして、素直《すなお》な子供《こども》になってくださいね。

ピアノは上手《じょうず》になりましたか。又《また》、こんど遊《あそ》びに行った時に、ひいて聞かせてくださいね。

山形《やまがた》の方《ほう》は、だいぶ寒《さむ》くなったことと思います。かぜをひかないように、注意《ちゅうい》して、元気に、勉強《べんきょう》して、元気に遊《あそ》んで、どんどん大きくなってください。

では、又《また》、お手紙します。容子《ようこ》ちゃんも、お手紙ください。

さようなら

十月二日

容子ちゃんへ

あとがき

「面白いものがあるのよ」と、今は亡き実家の母から手渡された一つの古びた箱。それを開けた時から、私の側には六十年以上前の小さな私がついて回っているようです。雄大な蔵王の山並、最上川などの自然の中で、のびのびと過ごした日々は今も鮮明に思い出されて、無邪気であることの大切さを教えてくれます。

母親になることに懸命だった母の姿がとりわけ心に残

り、自分の成人した三人の子供達への深い反省の思いがあることは否めません。それぞれに母の姿はどのように残っているのか……と。

ここに記録したものは、幼稚園から小学校低学年までの数年間、母と私が交換した絵日記の中の一部です。一九九五年に近代文藝社より『ようこちゃんの夏休み』として刊行いたしました。それから二十六年が経ち、改めて、ゆっくりと時間が流れていた半世紀前の、古き懐かしき時代があったことを残したいと、再刊の運びとなりました。

両親をはじめ、当時三歳の弟、〇歳の妹、そして母の妹の晴子姉、先生、友人など今まで何と沢山の人達と関わって生きてきたことでしょう。凡てのことに感謝の気持ちで一杯です。

そしてボロボロになってまで何冊もの絵日記を残してくれていた亡母、それを面白いから残しなさいと薦めてくれた夫、楽しみにしている大きな子供達、再刊に御尽力下さった文芸社スタッフの方々に深く感謝申し上げます。

二〇二一年六月

きのしたようこ

著者プロフィール

きのした ようこ

1946（昭和21）年生まれ。

山形県出身。

1951（昭和26）年、山形市バプテスト教会幼稚園入園（5歳）。

1953（昭和28）年、山形市立第五小学校入学（7歳）。

1957（昭和32）年より父の転勤のため福岡県、静岡県、大阪府に転居する。12歳の時に福岡市聖公会教会にて受洗。

1965（昭和40）年、大阪プール女学院卒業。丸紅株式会社（大阪本社）入社。

1966（昭和41）年、結婚のため愛知県に移り、現在に至る。

著書：『歌集 ほのむらさき』〈母の遺歌集〉（2011年　ブラザー印刷）、『歌集 繭のぬくもり』（2004年　ハートビッツ）、『歌集 海膨らめり』（2016年　本阿弥書店）、『歌集 花星霜』（2018年　本阿弥書店）、『詩集 ねむの花』（2019年　ブラザー印刷）

※本書は1995年に刊行された『ようこちゃんの夏休み』（近代文藝社刊）に加筆・訂正をし、再編集したものです。

ようこちゃんの夏休み

2021年９月15日　初版第１刷発行

著　者　きのした ようこ
発行者　瓜谷 綱延
発行所　株式会社文芸社
〒160-0022　東京都新宿区新宿１－10－１
電話　03-5369-3060（代表）
03-5369-2299（販売）

印刷所　株式会社フクイン

ISBN978-4-286-22962-1